謝謝弗蕾德莉克，謝謝你的幫助和投資。
謝謝妮儂，謝謝你一向明智的建議。
謝謝錫羅斯出版社的團隊，
特別是桑德琳、史蒂芬妮和沛普。

Graphic Novel 005

我是卡蜜兒 Je suis Camille

作者｜尚一盧·費利喬利 Jean-Loup Felicioli
譯者｜尉遲秀

字畝文化創意有限公司

社長兼總編輯｜馮季眉
責任編輯｜陳心方
編輯｜戴鈺娟、巫佳蓮
美術設計｜吳孟寰

讀書共和國出版集團

社長｜郭重興　發行人｜曾大福
業務平臺總經理｜李雪麗
業務平臺副總經理｜李復民
實體書店暨直營網路書店組｜林詩富、郭文弘、賴佩瑜、王文賓、周宥騰、范光杰
海外通路組｜張鑫峰、林裴瑤　特販組｜陳綺瑩、郭文龍
印務部｜江域平、黃禮賢、李孟儒

出版｜字畝文化創意有限公司
發行｜遠足文化事業股份有限公司
地址｜231 新北市新店區民權路 108-2 號 9 樓
電話｜(02)2218-1417　傳真｜(02)8667-1065
電子信箱｜service@bookrep.com.tw
網址｜www.bookrep.com.tw

法律顧問｜華洋法律事務所　蘇文生律師
印　　製｜中原造像股份有限公司

2023 年 03 月　初版一刷
定　　價：450 元
書　　號：XBGN0005
ISBN：978-626-7200-60-5
EISBN：9786267200650（PDF）、9786267200667（EPUB）

國家圖書館出版品預行編目（CIP）資料

我是卡蜜兒／尚一盧·費利喬利（Jean-Loup Felicioli）作；
　尉遲秀譯 . -- 初版 . -- 新北市：字畝文化創意有限公司
　出版：遠足文化事業股份有限公司發行，2023.03
　面；　公分
　譯自：Je suis Camille
　ISBN 978-626-7200-60-5（精裝）

876.596　　　111022405

我是卡蜜兒

Je suis Camille

尚一盧・費利喬利 文・圖

尉遲秀 譯

一開始，那是個非常微小的聲音。

一個沙啞的喉音，幾乎連呼吸聲都說不上。我已經知道要發生什麼事了，可是我完全無力阻止。就這樣，聲音愈來愈大。現在是一陣機械性的大笑，一陣火車頭轟隆隆的噪音。所有人都在那裡，所有人都在笑，都在看我，大家的眉頭都皺得緊緊的。一尊一尊表情嚴厲的巨型人偶圍著我，我在當中縮成一團，愈縮愈小……

「卡蜜兒，快點快點，趕快起床了！」媽媽已經切換到恐慌模式，對著我大叫：「開學第一天不能遲到！」

又是這個惡夢。永遠都是同樣的惡夢，雖然現在洛杉磯的生活已經離我們好遠了。我和媽媽、莉拉（她是我妹妹！）剛回到法國，爸爸要再過幾個星期，處理好美國那邊的事，才會來跟我們會合。到時我們就可以全家團圓，一起展開法國的新生活了。

對我來說，這是新的人生。

六年級開學讓我很緊張。♣

要穿什麼去上學呢？我和媽媽想了好久。我當然想穿裙子，可是媽媽比較希望我穿長褲。我實在太喜歡裙子了，尤其是那種會隨風飄的裙子。最後，我選了一條還算樸素的裙子，它跟我的短靴和綠圍巾很搭。

雖然走路去學校只要五分鐘，媽媽還是堅持要陪我，她不想讓我第一天上學就孤孤單單一個人。

♣譯註　法國的小學只讀五年，國中讀四年。文中的「六年級」相當於臺灣的「小學六年級」，但在法國已經進入國中了。

媽媽抱著莉拉，氣喘吁吁的對我又說了一次，說她跟校長還有學校的輔導老師談了很多，她把對我說了一千遍的那句話又說一次：

「記得，如果有問題，一定要說出來。」

一道深深的皺紋印在媽媽的額頭上。看來在媽媽的心裡，去年的經驗也留下了一些刻痕。

我們走到學校，警衛正要關上門，媽媽對警衛露出她最美麗的微笑，警衛沒說什麼就讓我們進去了。

這會是個好預兆嗎？

總之，這一天有個好的開始。

第一堂課是英文課，這是我最喜歡的課，因為我的英文很流利！老師要我們輪流上臺自我介紹。

焦慮像顆氣球，又在我的肚子和喉嚨裡鼓脹起來了。我想起第一次穿裙子的事──半年前那場悲慘的歌唱比賽。從那天開始，我的人生整個垮了。

老師溫柔的對我微笑。我用力吸了一大口氣，然後大聲說出：

「Hello, my name is Camille and I come from Los Angeles.」

這時，我發現全班都被這句話震撼了。

美國，洛杉磯，這可不是什麼小地方！！！

然後我回到座位，試著讓自己被忘記。可是坐在我旁邊的同學非常好奇，她紮著雙馬尾，毛衣顏色超浮誇的，她小小聲用法文問我：

「你會說法文嗎？」

她叫作柔伊，後來變成我最要好的朋友。嗯，我只能說當時我還不知道我們會變成好朋友。

為了讓她別再煩我，我聳聳肩，擺出一臉呆樣，但她還是一直偷偷看我，我只好低聲告訴她，我爸媽是法國人，我們因為爸爸的工作在美國住了幾年。

不過我沒告訴她，我們為什麼決定回法國。

下課的時候，柔伊注意到我一個人落單，就丟下她那群玩伴跑來找我。

我很喜歡她的穿著打扮。她看起來非常自在，我很羨慕她。

她告訴我，她很迷音樂，特別是流行搖滾。她說她爸爸是玩樂團的，她的木吉他就是爸爸教的，她現在還有上電吉他課。

她怎麼有辦法用這種節奏把這些話串起來？我從來就不知道該怎麼跟不認識的人說話。

「我喜歡的那些英文歌，你可以幫我翻譯歌詞嗎？我英文好爛！你也可以幫我矯正口音！你知道，英文歌亂唱一通實在太不酷了……」

看來，在班上用英文自我介紹還滿有用的。

開學第一天的總結：滿正面的！我可能有一個好朋友了，而且老師看起來人都很好，除了教「生命科學與地球科學」的老師。

我不喜歡他在我做完自我介紹之後說的話：

「卡蜜兒是男生還是女生？」

難道還不夠明顯！！！

回到家，媽媽正在做蘋果派。這是我最喜歡的點心！我把「生命科學與地球科學」老師的事說給她聽。

「我很驚訝一個老師竟然會對自己的學生說這種話！你要我跟校長說嗎？」

「不用啦，只有他自己覺得好笑。柔伊說沒有人欣賞他的幽默。」

「柔伊是誰？」

「是一個很棒的女生！」

我和柔伊變得形影不離。

我們一起去學校，她總是有說不完的事情要告訴我。一講到音樂，柔伊就沒完沒了。我介紹她認識很多美國樂團，她告訴我很多法國歌手。真是太棒了！

有一次，我們在雨中唱了起來，先是小聲的唱，後來愈唱愈大聲。路上的行人看著我們，可能覺得有點好玩，也說不定有點不高興……

有時，我會覺得這一切實在太美好了，但惡夢依然經常把我嚇醒。

我好想變成柔伊那樣，我也好想找一天把事情都說出來！

有一天，柔伊給我看她暗戀的男生雷米的照片。

他讀四年級 ❖，住在柔伊家附近。柔伊經常看見他經過她家，但她不敢跟他搭話。雷米是學長……柔伊跟女生在一起的時候很自在，但是沒辦法，遇到男生她就不知所措。

雷米的天使長相真的很可愛，而且他看起來很親切，不像他的那些朋友喜歡學大男人。我們有時會在下課的時候偷看他。他也跟柔伊一樣，很自在，跟人相處也很自然。

他們都好幸運！

❖譯註 | 法國的國中年級序數是倒著算，從「六年級」（即臺灣的小學六年級）、「五年級」（即臺灣的國中一年級）、「四年級」（即臺灣的國中二年級）到「三年級」（即臺灣的國中三年級）。

柔伊拿手機給我看照片的時候，有個班上的男生跑過來，這個小壞蛋竟然從我的手上把手機搶走了。

「禁止帶手機喔！我沒收了！」

他拔腿就跑，一邊跑還一邊呵呵呵的傻笑。

我和柔伊回過神來，立刻追上去。他在距離我們前方幾公尺的地方，一轉眼就衝進了科學大樓。

「我們追不上他了！」柔伊大叫，她很驚慌，因為她怕被人知道自己愛上了全校最受歡迎的男生。

我們衝進科學大樓時，眼前發生了意想不到的一幕。

雷米把那個男生壓制在牆上，同學們興致勃勃的看著這場即興演出，那個男生很狼狽的把手機交給雷米，然後在大家的笑聲中離開了。

「拿好喔。」雷米把手機遞給柔伊，他說：「我看見他在操場上做了什麼好事，真的很蠢。」

柔伊被這個大逆轉嚇到了，身體僵在那裡。於是我接下手機，用我最甜美的笑容向雷米道謝，他也對我露出微笑。

等到只剩下我們兩人的時候，柔伊緊緊勾住我的手臂。

「要是雷米看見手機裡有他的照片怎麼辦？好丟臉喔！」

「別擔心，我覺得他根本沒注意到。不過他會做這種事可能不是巧合，我想他對你已經有不一樣的感覺了！」

在開往游泳池的巴士上，柔伊不停的跟我講雷米的事。我沒有很認真聽。我不想去游泳池，因為我不能下水。校長跟體育老師說我對氯過敏，這當然不是真的，但是因為我沒有免上體育課的醫師證明，所以我得跟著去上課。

我在看臺上羨慕的看著其他人玩水。

在洛杉磯的時候，我們家的花園裡有游泳池，我每天都游泳，每天都跟妹妹或爸媽玩水。我好愛水！哎，我到現在都還不知道，要怎麼穿上泳衣面對那些不知情的人。

爸爸回來跟我們一起住了幾天。再過三個星期，他就會回來跟我們永遠在一起，他答應我了！

我好想爸爸……他真的很會逗我笑，平息我的焦慮。

爸爸回來以後，爸媽就會去找新房子，找一棟有花園的房子，然後我們會有一隻狗。

「還會有一隻貓！」莉拉說。

「女孩們，冷靜一點，不要一下子什麼都要。」媽媽要我們別太誇張。

這種感覺真好，可以時不時忘記煩惱……

媽媽答應讓我在星期三下午去柔伊家，中午放學就直接過去。

我們決定要組一個搖滾樂團。其實算是二重唱啦，暫時是這樣！

媽媽總是鼓勵我多唱歌，她說我的聲音很美，很有感染力。我不必勉強自己，因為我本來就愛唱歌。唱歌可以讓我的心情平靜下來，而且還會帶來勇氣。

去柔伊家的路上會經過一座森林公園。在這個季節，公園裡的風景非常美麗。柔伊帶我去觀景臺，從那裡可以俯瞰整個山谷。絕對會讓人看得頭暈目眩！

柔伊說，她媽媽在她很小的時候就過世了，也因為這樣，她爸爸沒再和樂團一起去巡演了。柔伊的姑姑跟他們一起住，她很照顧柔伊。

我們剛好在門口遇到她姑姑，她正要帶她的小狗皮波去散步。

柔伊家的房子在森林公園旁邊，房子很大，整棟都是木造的。我也很想住在這個街區，我覺得待在這裡很舒服，還能跟柔伊在一起。

第一次排練的時候，我提議唱我們都很喜歡的英國歌手「吟遊詩人」的歌：〈放手〉。

柔伊幫我彈吉他伴奏，我印象最深的就是她的手指好靈巧。我們試了兩三次就找到合適的節奏跟完美的和聲。這時背後響起一陣掌聲。

「你們的演出太棒了！」柔伊的爸爸開心的叫好。

然後他走過來對我說：

「你應該就是卡蜜兒吧？很高興認識你。你的聲音很美，太棒了，柔伊，你的電吉他也超酷的！我想幫你們錄音耶，不知道你們兩個同不同意？」

於是我們來到地下室，走進柔伊爸爸的錄音室。這裡的空間被一片玻璃隔板分隔成兩半。

我們要先錄吉他，然後再錄唱歌的部分。柔伊的爸爸先讓我們了解混音控制臺如何運作。柔伊一個人坐在玻璃隔板的另一邊，前面有一支立式的麥可風。

她先彈了幾個和弦，然後是一段琶音的旋律，就像在彈古典吉他。她非常專心，好像這件事已經做了一輩子。

可以跟這麼棒的女孩做朋友，真是太幸運了。

現在輪到我上場了。柔伊的爸爸給了我一副耳機，讓我可以聽到吉他的聲音。我有點怕在不認識的人面前唱歌。

於是我閉上眼睛，試著忘記周圍的一切，只讓音樂帶著我走，這樣我的情感就會融入聲音裡。漸漸的，我的身體跟著節奏振動起來。

這種感覺讓人很舒服。

整首歌唱完之後，我睜開眼睛，聽不到任何聲音，只看見柔伊在玻璃隔板後面蹦蹦跳跳，開心得不得了。

柔伊的爸爸滿臉微笑，豎起兩根大拇指稱讚我們。

一走出錄音間，就聽到歡呼聲和掌聲了。我的心情好激動！一陣幸福的浪潮湧上心頭。可是我超想上廁所的，應該是因為緊張吧。

我衝出錄音室，往一樓跑，溜進了廁所。

麻煩來了，我解不開褲頭的扣子！為了快速解決這個問題，儘管我很討厭這麼做，我還是站著尿尿了。

事情實在來得太急，急得我忘記把門上的插銷推進去。直到傳來柔伊的姑姑說抱歉的聲音（然後輕輕關上門），我才意識到自己竟然沒有鎖門。

我嚇壞了！不知道她看見了什麼，我的心裡只有一個念頭：

快逃⋯⋯可是我得待在柔伊家等媽媽來接。

我該假裝什麼事都沒發生嗎？柔伊的姑姑會不會把她「**可能**」看見的事說出來？我該讓好朋友知道我的祕密嗎？說不定我又會遭到排斥。

我不知道，我的心裡充滿困惑。只有媽媽能幫我。

等待媽媽來接我的這段時間，我跟柔伊和她爸爸聊天。錄完音之後，他們都非常興奮。接下來就是剪輯了，再過幾天我們就可以聽到錄音的成果。

媽媽終於來了，我向大家告別。我幾乎是羞愧的說了再見，柔伊的眼神充滿疑惑。

「你還好嗎？我的小寶貝？」媽媽憂心忡忡的問了我：

「你看起來好像不太對勁。怎麼了嗎？」

「呃，我不知道……」

我把事情經過說給媽媽聽，媽媽鼓勵我去找柔伊談一談。

「如果她是真正的朋友，她會欣賞你真正的模樣，雖然有可能需要一點時間才能適應。」

媽媽說得對，媽媽經常給我正確的建議。我跟柔伊在一起的這段時間，感受好強烈！毫無疑問，她是我的朋友，她是我真正的朋友。

第二天在圖書館，我把一切都告訴柔伊。

「所以，其實，你是男生囉？」

「不是，我是女生，我澈澈底底覺得自己是女生，即使我有男生的身體。」

「這怎麼可能呢？」柔伊問道。

「我也不知道，我從小的感覺就是這樣。我的情況並不是特例，你知道嗎，很多人都跟我一樣。幸好我身邊有一些很棒的人，給了我很多關於……這方面的資訊，幫助我成為真正的自己。」

「這太瘋狂了！」柔伊喘了一口氣：「這感覺很好玩，知道你是男生……不是啦……我的意思是說，知道你出生就是男生的身體。」

「好啦，我知道，這種事沒這麼簡單。」

「反正我們兩個的感情超好，這是不會改變的。」我的好朋友向我鄭重宣示。

柔伊沒有太過驚嚇我就放心了，不過她必須向我保證，這是我們兩個之間的祕密。

「拜託你不要告訴任何人，我還沒準備好，不是每個人都像你一樣。我在之前的學校想讓大家把我當作女生看待，就遇到一些讓人很痛苦的事……」

我說得很小聲，因為我發現雷米在不遠的地方看著我們。他在那裡是巧合嗎？

爸爸回法國了！這次是永遠回來了。這個星期天，我們全家要一起去溜冰。莉拉在冰上比我自在。一顆流星在我前面停下來，害我差點跌倒。

雷米！又是他！

「嗨，『快速時間』要開始了，你要不要來跟我繞一圈？」雷米氣定神閒的問我。

我嚇了一跳，拿照顧妹妹當藉口，就拒絕了。

「我不需要，你可以跟你的男朋友一起玩。」莉拉說話了，一副很興奮的樣子。

我的腦子一片混亂，臉都紅了。我對雷米說：

「別聽我妹妹亂說，她是個小寶寶，而且我溜得不好，沒辦法溜那麼快。」

「別擔心……你把手給我，這樣溜起來就會比較順了。」

真的耶，在冰上快速滑行非常愉快，我愈來愈有信心了。

「你看，你溜得滿好的！」

「對呀，那是因為你拉著我的手。你一放開，我就會變成人肉炸彈。」

雷米笑了，我們又溜了好幾圈。

「你萬聖節晚上要做什麼？」雷米問我：「在美國，這個節日很重要，對吧？」

「對呀，這一天可以變裝而且可以玩得很瘋。我跟柔伊還有她的表姊、表妹約好了，我們要一起過節。」

「你們要不要一起來我家？」雷米這麼問我，他說話的樣子有點害羞：「我爸媽不在家，只有我姊在，還有我的兩個朋友會來。」

我不知道該怎麼回答。

「謝謝你的邀請。」我說：「我得去問問其他人……」

我突然想到，要讓柔伊接近雷米，這似乎是個絕佳的機會。

我跟莉拉在彈簧墊上玩「超級宇宙無敵跳」。

我們快要搬去森林公園附近的大房子了。我就要住在柔伊家附近了！說起來，這還得感謝柔伊，是她在放學回家的路上看見一塊「房屋出租」的牌子。然後，我們就可以養貓了！莉拉已經開始在幫貓咪想名字了。

而且，媽媽准我去雷米家過萬聖節，柔伊和她的表姊、表妹也會去！我的好朋友高興得快發瘋了……想到要去雷米家，她整個人都慌了。

為了這個大日子，媽媽幫我做了一件婚紗，樣式很簡單，跟我的「死者復活」恐怖濃妝形成強烈反差。

莉拉不停的吵著說：

「我也要，我也想要復活。」

柔伊和她的表姊、表妹裝扮成女巫，我們就一起去雷米家敲門了。大門在一陣詭異的吱嘎聲中打開，一群吸血鬼突然衝出來，一顆七彩紙屑炸彈在我們的頭頂炸開。

我們快嚇死了！大家大聲尖叫，又笑又鬧，氣氛一下就熱鬧起來了。

我們在附近到處晃，收集了一大堆糖果，如果全部吃完應該會肚子痛吧。我還沒說雷米的姊姊烤了個大蛋糕呢，上面鋪了好幾層鮮奶油……

接下來我們就開始玩桌遊了。

柔伊終於克服了害羞，坐到雷米旁邊。

他們不停的鬥嘴，好像很有默契！看起來，這是個好的開始，他們應該可以變成好朋友，甚至更進一步……

有一天，我也會愛上……某個人。

輪到柔伊玩了。雷米問我可不可以去幫他切蛋糕。

我跟著他走進廚房，笨手笨腳的踩到有點太長的裙襬。我失去平衡，跌在雷米的懷裡。我抬起頭的時候剛好跟雷米鼻子對著鼻子，真的非常靠近，我還來不及做出反應，雷米已經吻上我的嘴唇了。

這時候，柔伊剛好走進來。她看著我們，呆住了。

一陣巨大的沉默。我們分開了，我的心裡一片混亂。對於剛才發生的事，我比柔伊受到更大的驚嚇。

柔伊轉身跑回客廳。

我拉著她，場面尷尬極了：

「柔伊，你不要誤會……」

「啊，沒有啊！」她打斷我的話：「你以為我沒看見你們在接吻嗎？」

接著她轉頭對雷米說：

「你以為你吻了一個漂亮的小新娘，她好可愛，準備要嫁給你了是不是？很好，你會失望的！對不對，卡蜜兒？」

雷米看著柔伊，不知要如何應付這突如其來的怒火。而我，我感覺到羞恥和恐慌湧上全身。我跑出屋外，要離這場風暴愈遠愈好，我已經耗盡心力了。

我流著淚，漫無目的亂跑，等我回過神來，眼前已經是森林公園的那座懸崖了。那裡的觀景臺可以看見無敵美景，柔伊曾帶我來過。

城裡的燈光在黑夜裡閃耀。我想起那些正常的人們就住在一棟棟發亮的屋子裡。那些人不需要作弊，不需要說謊，也不必隱藏自己。那些人的身體不是錯誤。我跨過欄杆。如果我消失了，是不是比較好？

起風了。風在後頭不懷好意的推著我，我可以放手讓自己掉下去，也或許我會飛起來，像一片羽毛那麼輕盈，擺脫長久以來在我心裡（也讓我爸媽不開心）的那股沉重的悲傷。

我想起爸爸和媽媽，我聽到莉拉稚嫩的聲音，我知道不能讓自己掉下去。

我在公園裡走著，已經沒有任何力氣，剛才差點做出來的事也讓我感到害怕。

我想像爸媽和莉拉的絕望。我妹妹才不會在乎我是男生還是女生。

突然，我聽到媽媽在喊我的名字，然後我看見她出現在小路的盡頭，我趕緊跑過去撲到她的懷裡。

「媽媽，這實在太難了。」我哭著說。

「我知道，我的小寶貝，我都知道。」

「我讓大家失望了，我失去我的好朋友了。」

「不會的，卡蜜兒，你沒有讓任何人失望，事情完全相反。柔伊哭著打電話給我，她想知道你有沒有回家，她跟我解釋了在雷米家發生的事。她看見你往懸崖跑過去，她很害怕。所以我就來了。」

「媽媽，對不起，我只是想忘記這一切，不是想要害你難過。」

「我知道，親愛的，你真的好勇敢……你選擇聽自己心裡的感覺好好活著，這不是一條容易的路。」

「媽媽，我不知道我做不做得到。」

「你要有信心，你比你自己相信的還要堅強。」

接下來幾天，我都待在家裡。

爸媽跟我說，什麼時候要回學校上課，由我自己決定。

這段時間，爸媽帶我去見一個人，他很清楚我所經歷的事，我跟他談了在我身上和身邊發生的所有事情。這對我很有幫助。

其他時間，我就坐在窗臺上，看著天空。我覺得心裡空空的，什麼都不想要。

我知道柔伊是來跟我道歉的，但我沒有力氣見她。我不要再想起萬聖節那晚了，我需要把自己關在保護殼裡，跟外界隔離。

聽說柔伊的爸爸把我們的錄音放在網路上，這一切對我來說好像非常遙遠。不過這一點也不重要了，我已經不想再唱歌了。

柔伊又帶學校作業來我家了，我聽到媽媽鼓勵她隔著門跟我說話。

「卡蜜兒，對不起，我對你太壞了。我不知道要怎麼做才能讓你原諒我。一看見你們兩個在一起，我的理智就被嫉妒蒙蔽了，可是你對我來說真的很重要，你可不可以繼續當我的朋友？」

我什麼話也沒說。一陣沉默之後，柔伊又繼續說：

「你一定以為我會說出你的祕密，可是我什麼都沒說，我跟你保證……我們唱的歌已經有一萬人瀏覽了耶，我們是學校裡的明星了。你有沒有看網路的影片？他們都問我你什麼時候回來，我跟他們說你生病了……我帶了這個星期的筆記給你，這樣你的進度就不會落後太多……好吧，再見囉。」

過了幾天，柔伊又來看我的時候，我發現我已經迫不及待的等著她了。

她還是隔著門告訴我，校長希望我們在學校的舞會上表演〈放手〉，所有人都聽過我們翻唱這首歌！

「雷米問我你好不好，雖然他搞不懂這整件事，但他知道自己不該突然吻你，他看起來很難過。我相信他愛上你了。你開門好不好，拜託啦，隔著這扇門實在很難講話。我有好多事要告訴你。」

我也是，我好想看看柔伊。於是，我把門輕輕拉開了。

「啊！謝謝。」柔伊嚇了一跳。

她沉默了一下，然後有點畏縮的問了我：

「你會原諒我嗎？我們可以再當朋友嗎？」

「學校舞會的事，沒有問題，其他就再說了，也許可以吧。」我沒多說什麼就把門關上了。

我聽到柔伊的腳步聲愈來愈遠。媽媽問她情況如何？我熱切的想知道她們說了什麼。

「她把門打開了，她願意唱歌了，我好高興。」

「太好了，這是個好的開始。」

「棒棒，超級超級棒！」莉拉大聲喊著。

「事情總會解決的。」爸爸說：「謝謝你，柔伊，讓她知道你一直都在，這很重要。」

「我好想她，她是我第一個真正的朋友，我很抱歉沒辦法多幫她一些。」

我突然覺得自己從一種沒有盡頭的悲傷之中解脫，不再孤獨了。現在我知道我的生命很豐富、很堅強，因為要創造生命的人是我。

於是我在電腦前面坐下來，開始聽我們唱的歌。錄音室的美妙時光又重回現實了。生命可以重新啟動了。

我是卡蜜兒。

尚－盧‧費利喬利

一九六〇年出生於阿爾貝維爾。他在幾個不同的城市（安錫、史特拉斯堡、佩皮尼昂和瓦朗斯）的美術學院完成了藝術學程。自一九八七年以來，他長期為「瘋影動畫工作室」（studio Folimage）製作的動畫影片擔任繪圖藝術家。

他在「瘋影動畫」遇到了亞倫‧甘諾（Alain Gagnol），從此甘諾成為了他的最佳拍檔及電影編劇和聯合導演。他們共同執導多部影片，包括屢獲殊榮的動畫短片「自私的人」（L'Égoïste，一九九六年）、「迷你悲劇」（Les Tragédies minuscules，一九九八年，十部卡通影集）、「貓的一生」（Une vie de chat，二〇一〇年，獲第三十六屆凱撒獎及奧斯卡最佳動畫影片提名）、「幻影男孩」（Phantom Boy，二〇一五年，長片）、「地獄計畫」（Un plan d'enfer，二〇一五年，獲選第十四屆法國電影聯盟短片獎）。

尚－盧‧費利喬利於二〇一八年在錫羅斯出版社（éditions Syros）出版了他的第一部兒童繪本《如果是他呢？》（Et si c'était lui ?）。

自由的活出你的性別認同！

關於年少的跨性別者，適切描寫的作品很少，《我是卡蜜兒》恰恰是這樣的作品。在女主角熱切動人的目光下，這部圖像小說為讀者述說一個關於跨性別認同的故事，傳遞了鼓舞人心的訊息，遠遠不同於一般與這個主題相關的陳腔濫調。

毫無疑問，跨性別的認同並非疾病，更不是弱點或問題。像卡蜜兒這樣，去接受一個不同於社會習俗（連結到生理性別）所規定的性別，這完全就是我們人類的多樣性所特有的一種自我構建。在所有醫學或法律限制之外，這樣的性別多元化必須被我們的社會尊重並且接受。

為此，「法國跨性別協會」（Association Nationale Transgenre）在 LGBTI（女同性戀、男同性戀、雙性戀、跨性別和雙性人）運動中賦予自己兩項使命：為跨性別者及其家人提供支持，並且積極投入倡議運動，以修改不尊重性別認同的立法框架。所以，為了幫助未成年的跨性別者及其父母，協會出版了一本教育性質的小冊子，書名是《如果我的性別騙了我》（Si mon genre m'était conté…）。這是一本全家適讀的書，它提供了一些建議和想法，讓人可以自由充實的活出自己的性別。

最後，請記住這一點，這在所有情況下都有用：有問題的當然是「跨性別恐懼症」，而不是跨性別認同……聽得懂的人，會幸福吧！

戴爾芬 · 哈維瑟–吉亞
Delphine Ravisé-Giard

www.ant-france.eu